【岳麓文辑】 张立云·主编

长空雁鸣

张人杰 著

运动使他身体健康，豁达快乐；
阅读使他内心充实，精神愉悦。

CHANGKONG
YANMING

团结出版社

UNITY PRESS

图书在版编目(CIP)数据

长空雁鸣 / 张人杰著. -- 北京 : 团结出版社,
2021.4
（岳麓文辑 / 张立云主编）
ISBN 978-7-5126-8676-2

Ⅰ. ①长… Ⅱ. ①张… Ⅲ. ①散文集-中国-当代
Ⅳ. ①I267

中国版本图书馆 CIP 数据核字（2021）第 046042 号

出　　版 : 团结出版社
　　　　　（北京市东城区东皇城根南街 84 号　邮编 : 100006）
电　　话 :（010）65228880　65244790
网　　址 : http://www.tjpress.com
E - m a i l : 65244790@163.com
经　　销 : 全国新华书店
印　　刷 : 长沙印通印刷有限公司
装　　订 : 长沙印通印刷有限公司

开　　本 : 142 毫米×210 毫米　　　1/32
印　　张 : 39
字　　数 : 841 千
版　　次 : 2021 年 4 月第 1 版
印　　次 : 2021 年 4 月第 1 次印刷

I S B N : 978-7-5126-8676-2
定　　价 : 398.00元（共九册）

目录

见缝插针读闲书

读闲书是我多年的生活习惯和精神享受,如果一天不读几页书便有茫然若失之感。所谓闲书是指与自己的工作或专业没有直接关系的书籍。古人读书利用"三上"(枕上,马上,厕上),我读闲书则是利用睡前,饭后,外出时。

睡前1小时阅读,是我上大学时的诸多爱好之一。每天晚自习后洗漱完毕,大约晚上10点来钟,上床读1小时文学书籍,这对于学了一天理工科课程的大脑无疑是一种极好的放松和休息。读闲书虽然对专业学习没有直接帮助,但开阔了视野,提升了人文素养,增强了写作能力,因此我一直担任班上的宣传委员,并兼任校报编辑。

如今我已退休,读闲书的时间相对多些,但睡前1小时的阅读习惯没有变。每天晚上11时半关掉手机和电视,靠在沙发上或半躺在床上,读读文史书籍或杂志。此时,夜深人静,心无旁骛,随意读去,信马由缰,思接千年,神游八极。或与先哲对话,或与古人交流,读到会心处,掩卷而笑;读到疲倦时,扔书而眠。

饭后是指中饭后。我每天中午要午休1小时,吃饱了不宜立即睡觉,阅读半个多小时再休息正好。这半个多小时或读纸质图书,或上网"电子阅读"。我在电脑上不玩游戏不炒股,通过网络看看新闻,浏览文史方面的文章资讯,亦可增长知识。网络上的东西"新、奇、快",但泥沙俱下,真假掺杂。因此要放开眼光,运用脑髓,批判地接受。

外出办事亦是读闲书的好时机,我出门时包里都要放一本书或杂志。乘车时,等待某人或办事的空当,都可拿出来读一会儿。不久前,我到湘潭给因病住院的老父亲做饭送饭,在老父家里住了10来天。他家里没有电脑网络,微信信号也不好,每天有两三个小时的空闲正好用来读书。

近几年,我读的闲书有《品中国文人》《晚清有个袁世凯》《袁氏当国》《门槛上的民国》《民国风度:黑暗处的明灯》《品国学》《白鹿原》等。我喜欢的杂志有《随笔》和《读书文摘》。这些书籍使我增长了知识,开阔了视野。闲书不闲,正是在书籍的浸淫之中,一个人的性情得到陶冶,气质得到升华,对本职工作和为人处事,不无裨益。古人说,三日不读书则面目可憎,是很有道理的。对于退休后的老人而言,读闲书可以健脑养身,预防老年痴呆,丰富老年生活,何乐而不为呢?

(原载 2016 年 12 月 16 日《株洲日报》)

老得慢一点

享受社保工资已经几年了，很快就要拿"老年证"，我应该算是已步入了老年人的行列，但在公交车上还从来没有人给我让过座。本市公交车上给老弱病幼让座已经蔚然成风，我这个老年人却被人们视而不见，这让我很欣慰，因为从外表上看，我还不像个老年人。

外观上还"停留"在中年阶段，这要归功于我乐观的心态、有规律的生活、坚持不懈的体育锻炼。不少有过一官半职的人退下来之后失落感很强烈，从前呼后拥到门庭冷落，心理难以承受，加之没有什么业余爱好，整日闷闷不乐，衰老十分明显。我30多岁就经历了"职场"上的大起大落，忽而部门负责人，忽而"县处级"单位一把手，忽而任何职务也没有。正因为年轻时经历过波折，退休之后心态十分平和，加之爱好较多，既不觉得寂寞更不感觉失落。

我办了一个文化工作室，最主要的目的是为了过有规律的生活，不要每天闷在家里。把工作学习和休息分开来，日子就过得比较清爽。每天上午9时左右离开家门，到工作室坐一坐，读读书报上上网，有想法了就写点短文章，发点帖子。下午则去球馆运动，上"体育课"。如此"脑力劳动"与"体力劳动"相结合的生活，不但可以强身健体，还可预防老年痴呆。

记得我上小学时有两大爱好，一是阅读课外书籍，二是打乒乓球。退休之后，我的大部分时间仍然是做这两件事情。我认为自己是"返老还童"了。读小学时家庭经济条件差，课外书籍少，到处找人借书看，借到一本就饥不择食地看起来，不管是什么书，毫无选择的余地。如今条件好了，想读什么书可以选择，还可以在网络上阅读，在微信上阅读。阅读的机会无处不在，如同在知识的海洋中游泳，随心所欲，十分惬意。

上小学时体育设施少得可怜，全校才两张乒乓球台。下了课高年级的同学拼命去抢台子，低年级的同学不能拢边。放学后，我们架起门板做球台，中间支根竹竿做网子，用光板子球拍打得有滋有味。如今球馆里装着空调，几千元一张的台子，地上铺着地板胶，和过去相比真是天壤之别！跟一帮水平相当的球友激战两个小时，出一身大汗，真是酣畅淋漓，快意人生！

有人认为，人生能做到四个"一点"就称得上幸运：生得好一点，病得迟一点，老得慢一点，死得快一点。生得好一点,生在一个条件较好的家庭,这是个人无法决定的。死得快一点,是指到了一定的年龄患了重病,不要久拖,早点了断,这一点个人也难以把握。个人能够适度把控的是中间两点,因为健康的钥匙有一半掌握在自己手中。只要养成健康文明的生活习惯,进行适度的体育锻炼,并且始终保持平和乐观的心态,完全可以病得迟一点,老得慢一点。

定一个小目标:过自己想过的退休生活,做自己想做的事情,健康快乐活够 3 万天,与老年朋友共勉。

(原载 2017 年 9 月 18 日《株洲新区》报)

球友肥肥

肥肥身高体胖,肥头大耳,足有 200 斤重。幸而他喜欢乒乓球运动,否则很可能会"发福"得走不动路了。去年他们工厂改制,年仅 35 岁的肥肥就光荣退休了。我问他,为何这么年轻就退休?他眨着小眼睛悄悄地告诉我:"我是残疾人,属于智残,我有残疾证。"说着他掏出残疾证给我看。我说,你哪里智残?我看不出来。他答:"我读不得书,小学读了 8 年,初中没毕业就到厂里劳服公司上班了。"读不得书就算智残?那天下智残者太多了!我无语。

肥肥至今还是个"红花崽",光棍一条,过起了无忧无虑的退休生活。每个月 600 元钱退休费,一半交给父母做伙食钱,一半留给自己抽烟吃槟榔。肥肥除了乒乓球之外,没有别的爱好,整天拎着拍子,到处寻人打球。他也称得上是业余高手了,一般人还打他不赢。因为体型过于庞大,速度比较慢,跑动有些迟缓,力量和旋转都还不错。

肥肥虽说是"智残"，但其实还是蛮有心计的。比如他打电话约人打球，铃一响就挂了，等你打过去，如此可以节约电话费。他属于"弱势"群体，别人当然也能体谅。他买槟榔专买那种有奖的牌子，经常抽到奖，有时奖矿泉水，有时奖槟榔。"我奖了好多包槟榔吃了，嘴巴都吃烂了！"他高兴地告诉我。我感到十分纳闷：这个牌子的槟榔我也常买，但是从来没有中过奖！

　　肥肥经常约我打球。我因为比较忙，不可能有太多时间跟他打。有一次，我介绍他和初学打球的王老板认识，要他陪王老板练练球。某天下午，打球打到6点，王老板请肥肥吃便饭，要他自己点菜。肥肥一口气点了"扣肉""回锅肉""辣椒炒肉"三份肉，王老板则点了两个小菜。只见肥肥手起筷落，风卷残云，不到10分钟，几碗肉统统入肚。王老板看得目瞪口呆，如此好胃口，难怪长得一身好肉！

　　去年，全国智残人特种运动会在温州举行。肥肥代表我市参赛，一举夺得男单第三。全国比赛获得了铜牌，肥肥更牛了，走起了"海路"，球打得差的人他越发瞧不起了。他幻想着参加一次国际比赛，如果获得名次，则可获得丰厚的奖金。"有了几十百把万的奖金，漂亮妹仂就随我挑了，我一高兴就找个洋妞回来！"肥肥做着美梦。但愿他的美梦成真。

　　（原载2011年8月4日《株洲晚报》）

文友、网友和球友

有人认为，一个人退休之后需要有"四老"：一个老伴，一个老窝，一点老底，几个老友。有了这"四老"，生活才有质量，才有乐趣，才能安享晚年。老伴，当然最重要，少来夫妻老来伴，执子之手与子偕老，是人生一大幸事。老窝，是栖身之所，不可或缺。老底，适当有些存款，以应不时之需，以防三病两痛。老友则属精神层面的需求，有一些志趣相投的朋友，互相走动，互相交流，可使精神畅快，心情愉悦。

我有三个方面的朋友：文友、网友和球友。文友，是经常写文章并给报刊投稿的朋友。我给报刊投稿已经有30余年的历史，在投稿的过程中结识了一些朋友，有时电话问候一下，有时见面交流一番。文人都有自己的思想，自己的观点，争论起来，难免有面红耳赤的时候，只有遵循"和而不同"的原则，才可使友谊长存。

T 先生与我的友谊维持了 20 多年，属于"没事也来走走"的朋友。工作单位的同事，一般离开单位后就不再来往了，这些人当然不能称之为朋友，志趣相投的朋友才难能可贵。一周之内，T先生总要与我见一两次面，聊聊天，谈文学，谈历史，谈社会。我们的看法不尽相同，但我们彼此尊重对方的观点，不钻牛角尖，不自以为是。如此，既交流了思想，又不伤和气。"谈笑有鸿儒，来往无白丁"，是人生一大快事。

我的网友不是聊天玩游戏的网友，是一起在论坛发帖子、在博客写博文的网友。大多数网友是从未谋面的，知其帖而不知其人，知其网名而不知其真名。只有少数网友"寻常看不见，偶尔露峥嵘"，在网站组织的活动或一些座谈会上可以见到。我的网友多是一些关注社会、关注民生之人，即所谓爱管"闲事"者。与文友比起来，网友更加头角峥嵘，辣味十足，揭露批评社会阴暗面不留情面，不怕得罪人。

有一次，在我住的小区附近见到了一位谋面不久（在网络上已知名数年）的网友，一聊才知我们同住一栋楼（我住的这栋楼有一百多米长，大部分人彼此不认识）。于是，我仿古诗，凑成几句："我住房之南，君住房之北，网上知君不见君，共饮一楼水。"

与文友、网友比起来，球友之间的关系更加简单更加让人感觉到痛快。经常一起打乒乓球的有二、三十号人，大家都有健身年卡，碰到谁就跟谁打，无须预约。由于互相熟悉了，边打球边开玩笑，逮住一个人"策"一"策"，乐和乐和,半天时间一晃即过。我们根据一些球友的性情与风格,起了不同的外号,如"藏獒""草根王""村冠军""王牛皮"等。激战几小时,出一身大汗,洗个热水澡,迎着夜色回家,此时一身轻快,心身俱爽。

"人生得一知己足矣,斯世当以同怀视之。"人生有不同类型的朋友,生活更加多彩多姿,更加充实有趣,永远不会寂寞无聊。有朋自各方来,不亦乐乎?

(原载 2015 年 6 月 24 日《株洲日报》)

好胃口伴我走四方

有些人对吃十分讲究，对家乡口味情有独钟，离开了本土到了外地觉得饭菜索然无味，茶饭不思。还有的人只习惯于老婆做的饭菜，每天中午雷打不动地回家吃饭，给老婆增加了负担，一天到晚总要考虑买菜做饭，没有自由支配的时间。

我则不然，我有一副好胃口，南北通吃，粗细通吃，好赖通吃。馒头包子，面条面包，都可以当主食，而好多湖南人每顿要吃米饭，吃面食相当于没有吃饭。一些人想外出旅游，但对于旅游团队的伙食望而生畏，难以入口，只得打消念头。我无此畏难情绪，不论南方北方，境内境外，不管怎样糟糕的"旅游餐"，我都能一餐吃三四碗。有一次，随团到贵州旅游，每到吃饭时间，大家就显得很"悲催"，看着饭菜愁眉苦脸，没有几人动筷子。见我埋头苦干，大吃大嚼，艳羡不已。吃饭几乎成了我一个人的"表演"。不吃饭的游客只能靠零食充饥了。

我消化功能不错，其实我六腑不全。39岁那年，因上腹痛导致全身黄疸，被市某"三甲"医院"确"诊为"胰头癌"。后被送至长沙湘雅附二医院剖腹探查，发现是胆总管结石，在取结石的时候顺便把胆囊也切除了（胆囊中并无结石，只是发炎），胆囊属"六腑"之一。器官不全尚如此能吃，如果齐全岂不更是食量惊人！朋友们感叹不已。

有一次，朋友约我到一个庙里去吃斋饭，体验一下出家人的生活。中餐时饭桌上只摆了几盘清汤寡水的小菜和豆腐，我一口气干掉4碗饭，还感觉到意犹未尽，不好意思再吃了。到了下午4点钟光景，觉得饥饿难忍，又跑到街上去买面包充饥。该次经历证明，我这个人不适合当和尚，即使当了和尚恐怕也是鲁智深那样离不开酒肉的花和尚。

好胃口使我随遇而安，入乡随俗，走到哪里也饿不着，可以跟各种口味的朋友"吃"成一片。我可以喝点酒，但不嗜酒不斗酒，有酒可无酒亦可。有了好胃口也不能成为饕餮之徒，暴饮暴食，要能够控制住嘴巴。遇到"粗糙"食品不少吃，遇到美食不多吃，最多吃个八成饱就打住。每餐饭之前有饥饿感，吃起来才有快感。由于能吃又有节制，加之经常性的体育锻炼，我年逾六旬仍能保持良好的身体状态，血压、血脂、血糖、尿酸"四不高"。

感谢我的好胃口。

（原载2015年9月16日《株洲日报》）

志趣相同友谊长

　　不久前参加了同事老 L 的 50 大寿生日宴会，没想到在单位默默无闻的"小人物"老 L，生日宴会却风风光光，高朋满座。老 L 在单位是相当"走不起"的，参加工作几十年，恐怕连班组长也没有当过，任何一届领导都没有想到过要提拔他。但老 L 有个特点，爱好体育运动，羽毛球和乒乓球打得不错，他热衷于当乒乓球教练和陪练，尤其喜欢当女子教练。老 L 诲人不倦，耐心极佳，而且不收人钱财，因此门下女弟子层出不穷，一批接一批。他的弟子从本单位发展到外单位，从企业发展到学校，从退休的发展到在职的，至少已经有几十号人了。

　　在生日宴会上，企业员工、学校教师和政府官员都为了一个共同的爱好，坐到一起来了。大家纷纷举杯，为球友为教练老 L 的身体健康干杯。席间谈笑风生，推杯换盏，气氛热烈。老 L 的脸上红红的，显得颇为得意和满足，也许只有在此时他才体验到些许成就感,体验到朋友之间友谊的可贵。

共同的爱好拉近了人与人之间的距离,相同的兴趣培育了友谊。人过中年,工作逐渐由忙变闲,如果没有几个朋友,没有一点业余爱好,日子将很难打发。尤其是退休之后,没有任何业余爱好的人整天无所适从,度日如年;而那些有爱好者则兴致勃勃,有滋有味。人是社会的,需要社交需要朋友,寻找朋友维系友谊的纽带则是相同的志趣。人到了一定的年龄,亲戚之间走动得少了;同事之间除了工作,业余时间没有太多往来。反面是业余爱好使人们走到了一起,正所谓物以类聚,人以群分。唱歌的唱到了一起,跳舞的跳到了一起,搓麻的搓到了一起,玩乐器的玩到了一起,练书画的画到了一起,钓鱼的钓到了一起……

兴趣有高雅与低俗之分。低俗的兴趣引来酒肉朋友和利益朋友,这种朋友不可能持久,更不可能带来健康与快乐;高雅的兴趣拥有真正的朋友,才能带来心灵的愉悦与身体的健康。相同的志趣结下的友谊不受世俗的利害关系影响,经受得住时间的考验,可以地久天长。

(原载 2007 年 4 月 22 日《株洲日报》)

读书不为稻粱谋

　　近日接到好几个邀请我读博士的电话，对方一般是女性，甜甜地柔柔地说："张总，我们学校办了个在职博士班，您能不能过来学习？"我回答："我已经退休了，还读什么博士？"对方似乎很惊讶："听您的声音一点也不显老，怎么就退休了？"当然是在奉承我，声音不显老，年岁不饶人，在单位已经退休是不争的事实。也许是在工商局注册的工作室负责人是我的名字，学校按图索骥，拉人入学。

　　我一个中学女同学在大学教书，50多岁退下来之后开始读博士。对于她这种发奋进取的精神我很钦佩，但对于这种做法却不敢苟同。半百老人还要为文凭去呕心沥血打拼，意义何在？

　　国人读书功利性太强，在学校里为考试为文凭而读书。工作之后为职称为晋升而读书。大半辈子辛辛苦苦读书，却品尝不到读书的快乐。好多地方的高三毕业生出现了疯狂撕书的举动,书籍成了桎梏青春的枷锁,成了烦恼的根源,必欲撕碎而后快。对于高考指挥棒下的中学生而言,读书当然不快乐。

我已经到了摆脱一切名缰利锁的年龄,无须考虑文凭职称晋升的问题,读书不为稻粱谋,进入了自由读书的境界。南宋学者罗大经在《鹤林玉露》里记载了友人赵季仁的心愿,"某生平有三愿:一愿识尽世间好人;二愿读尽世间好书;三愿看尽世间好山水"。人一辈子这三个美好的愿望不可能全部实现,但至少可以在有生之年多读一些好书。

为了不受干扰地读书,我办了一个文化工作室。我的工作室并不过多地考虑经济效益,不主动地去招揽业务,大部分时间用来安静地阅读。"万卷古今消永昼,一窗昏晓送流年",这是陆游的自题联。读书是我生活中一种深层次的需要,是一种精神营养。一册在手,与古今各色人物对话,更是妙不可言的享受。台湾女作家张晓风认为,读书是"精致"的聊天,她写道:"其实最精致最恣纵的聊天应该是读书了,或清茶一盏邀来庄子,或花间置酒单挑李白,如果嫌古人邈远,则不妨与辛稼轩曹雪芹同其歌哭,如果你向往更相近的跫音,便不妨拉住梁启超或胡适之来聒絮一番。"

我读小学时有两大爱好,一是阅读课外书籍,二是打乒乓球。如今我有返老还童之感,大部分时间在做这两件事,真正实现了儿时的愿望。我称之为脑力劳动与体力劳动相结合,是一种惬意的生活状态。读书无目的无计划无功利,完全凭兴趣爱好,"饥读之,以当肉;寒读之,以当裘;孤寂而读之,以当友朋;幽忧而读之,以当金石琴瑟"。何其快哉!

(原载 2014 年 7 月 11 日《株洲日报》)

工作着是幸福的

对幸福的诠释有多种，我欣赏这一种：白天有班可上，晚上有家可归，这就是幸福。白天有班上，从大的方面说有事业，从小的方面说有挣钱谋生的平台。晚上有家可归，表明还有一个温馨的港湾在等着，工作劳累了一天之后，可以在家庭的港湾里休憩放松，享受天伦之乐。为了继续过上白天有班上、夜晚有家归的幸福生活，我在50多岁"内退"之后，办了一个文化工作室，继续处于工作状态。

休息是相对工作而言，如果没有工作，也就无所谓休息，每天浑浑噩噩，太没劲。而如果把工作与休息分开来，日子则过得比较清爽。每天有点事做，生活起居有规律，精神状态要好得多。见到一些人从领导岗位上退下来后，无事可做，倍感失落，整天长吁短叹，度日如年，迅速衰老。而我每天上班下班，日子过得充实而丰富，紧张而有序，全然不知老之将至，浑然不觉从单位已经"退"了几年。

从单位人变成了社会人,接触的人更多了,工作的范围更广了。面向社会工作,没有职务职称的分工,没有业务范围的限制,你能做的都可以去做。也没有什么上级领导的指令需要服从,你不想做的就可以拒绝。因为有一份"内退"工资保底,我无须过多地追求效益。网络上发帖子,电视电台做谈话节目,公益性讲座,这些都不会产生"经济效益",但我都会努力去做,而且尽可能做好。

在一个人的办公室里,"工作"的范围可以拓宽,写文章写帖子是工作,读书读报是工作,运动也是工作。每周3次的乒乓球运动是必不可少的,我以球会友,接触了社会方方面面人士,获取了更多的信息。在切磋球艺的过程中,既享受了运动的快乐,锻炼了身体,又丰富了阅历,触发了工作的灵感,有时还会带来效益。

工作令人幸福,工作使人年轻,从事自己喜欢的工作更是一种快乐。我愿意生命不息,工作不止。

(原载 2012 年 8 月 27 日《株洲日报》)

讲坛的火爆与阅读的落寂

央视的《百家讲坛》造就了文化超男易中天，又捧红了文化超女于丹。凭借日下最直观最广泛最受人民群众喜闻乐见的传媒——电视，寂寞的文化人走进了千家万户，成了红得发紫受万众追捧的明星。他们的铁杆支持者"易粉""乙醚"们的狂热已经不输超女中的"玉米"和"凉粉"。以至有人喊出了口号"嫁人要嫁易中天""娶妻要娶于丹"。他们写的《品三国》《论语心得》一时洛阳纸贵，签名售书场面火爆热烈。易中天若干年前写的无人问津的书籍一夜之间变得炙手可热。

在文化超男、超女们红透半边天的同时，也有人对他们大加挞伐。前有"十博士"挑战于丹，引发了"如何对待传统经典"的讨论。后有江西某高校田聿教授指出易中天讲《韩信》中的47处"硬伤"，批其学问修养功底不足，"向大众传播错误的知识"，呼吁让易中天"下课"，不要继续"忽悠听众"。诚然,大学里面像易中天、于丹这种水平的教授应该很多,是电视使他们一夜成名,学问没有做到精益求精,讲课出现"硬伤"亦在情理之中,换成别的教授来讲,未必就没有"硬伤"。他们的讲课有听众有市场,就应该保留。他们开创了用通俗生动的方式讲解经典的先河,对于传播普及传统文化功不可没。

当下中国一方面是讲坛的火爆,另一方面却是阅读的冷落。我以为国人正在变懒,懒于阅读原著。他们不愿意阅读《三国演义》《三国志》,而喜欢坐在电视机旁听易教授说书式地讲《品三国》,看电视听说书毕竟比啃原著要轻松愉快得多。如今的高中生,读过四大名著的恐怕没有几个,他们中的许多人也是"易粉"。

4月23日是"世界读书日","让世界上每一个角落的每一个人都能读到书",是世界读书日的主题。但"全国国民阅读调查"却告诉我们,已经有超过半数的国人一年也读不了一本书。国人保持阅读习惯的只占5%左右,我国国民的阅读率连续6年持续走低。是什么原因造成了这一现象?媒体的多元化是造成国民总体阅读率下降的重要原因。新兴的声光电媒体走进了千家万户;网络的大普及,将大量的信息传播给人们。如今的青少年是看着电视节目长大的一代,他们不喜欢阅读传统的书籍,更喜欢上网。

生活节奏加快工作压力增大引发的浮躁与急功近利是造成国民少读书的另一因素。眼下,打麻将、唱卡拉OK、洗脚洗头、桑拿按摩是比读书更加普遍的休闲方式。当然也有人在读书,青少年只读应付考试的书,成年人为晋级加薪读书,极少人为陶冶性情而读书,为快乐而读书。

无论网络阅读如何便利如何进步,书籍仍然是人类智慧文明最主要的承载者,阅读仍然是人们获取真知灼见、培养独立思考能力和提升自身素质的最有效途径。在发达国家的电车上、地铁中、公园里,随处都可以看到静静阅读的人们,这就是素质的体现。笔者热切希望,在讲坛火爆的同时,阅读也火暴起来;人们在津津有味听讲的同时,也兴趣盎然地拿起书本来。至于是否再设一个"国家读书日",那倒是无关紧要的事情。

(原载 2007 年 7 月 9 日《株洲日报》)

美酒佳肴不养人

2007 年 4 月 18 日,网络世界里一株迎风摇曳的鼠尾草枯萎了。许许多多网友为之叹息伤感。鼠尾草本名原晓娟,一个时尚才女,34 岁英年早逝。她生前有一份令人艳羡的职业,先后担任过《时尚先生》《美食与美酒》杂志编辑部主任。她的工作就是周游世界,遍尝天下美食,同时写下一篇又一篇关于美食的妙文。

这是何等快活何等潇洒的工作啊,神仙也不过如此!但这样一位被美酒佳肴包围、被新潮时尚浸润的成功女士却天不假年。2006 年 7 月,原晓娟被确诊为胃癌三期。饮食极无规律,美食摄入太多,睡眠严重不足,积劳成疾,是鼠尾草过早凋谢的根本原因。经常出国访问,出差如同坐出租车一样频繁,每天仅有 4、5 个小时的睡眠,一边品尝着美食一边还要思考如何写出美文,如此违背自然规律的生活方式,病魔焉能不光顾?

手术之后,原晓娟仍然积极乐观地面对生活,顽强地与癌症抗争。她在病床上写博客,以"病床日记"的形式记录生命感悟。她写道:"在养病的日子里才发现原来生活应该是这样,我们太多地去追求那些违背自然规则的事情,以为自己生存的空间没有禁区,其实正在慢慢积累疾病的因素。"原晓娟的博客点击率相当高,尤其是那些癌症患者们,从"病床日记"中获取惺惺相惜的慰藉,交流抗癌的体会与对生命的感悟。

病魔是无情的,确诊癌症之后8个月,原晓娟的生命戛然而止。她的早逝,留给了人们太多的思考:一个美食家,生命为何如此短暂?如今那些在商海和事业中打拼的"成功人士",那些没日没夜的"工作狂",那些整日在灯红酒绿中体现自我的"款爷"和"官爷",他们用健康换取短暂的成功与快乐,实则加速磨蚀生命,如此生活,值吗?

科学家曾经用小白鼠做过试验,让一些小白鼠吃得饱胀,让另一些小白鼠处于半饥半饱状态,结果是后者活得更长久。人亦如此,研究人员认为,一个人一生消耗的食物基本上是个常数,如果吃得太多太好,生命自然会缩短。从古到今,锦衣玉食难长寿,颐养天年的是劳动者。有个哲人曾经说过:上帝给了人两个法宝,一个是劳动(运动),一个是节制。劳动(运动)使人产生食欲,节制使人保证健康。在生活中自觉使用这两个法宝,才称得上是顺应自然规律的生活方式,才能更长久地享受生活的乐趣。美酒佳肴不养人,粗茶淡饭保平安。明白了这些道理,我们就不会去刻意追求山珍海味锦衣玉食的生活了。

(原载 2008 年 1 月 14 日《株洲日报》)

扒手下车之后

　　三个年轻人下车之后，我身后一名中年妇女叫嚷起来:"这是三个扒手! 一个坐到我身旁想掏我的包，被我发现了。他就移到前排去抠那位男乘客的口袋。"车上像炸开了锅，乘客们议论纷纷:"扒手太猖狂了! 大白天公开掏别人的包!""年轻人干什么不行，非要当小偷，可耻!""司机不应该让扒手上车!"看来，车上有好几个人识别了扒手的真面目。

　　着实吓了我一跳，刚才那三个年轻人，一个坐在我的前排，一个坐在我的后排。摸了摸口袋，还好，钱和手机安然无恙。我责怪自己，为何没有察觉他们是扒手? 我自认为观察能力很强，身前身后的扒手怎么就没有看出来? 这是十分危险的事情。其实，这三个扒手有一系列反常的举动。在我后面挨着那位女士坐的小伙子起身"转移"到右前方一个座位上，边上有位男乘客在闭目养神。我前方的年轻人靠着一名西服男子坐着,西服男子起身坐到前边的位子上,还回过头来盯了年轻人一眼。

三个扒手虽然是分开行动,各自为战,但他们的表演已经露出了马脚。可叹的是,所有识别了扒手的乘客全部选择了沉默,捂紧了自己的口袋,而浑然不觉的乘客却只能听天由命了。扒手离去之后,乘客们义愤填膺,愤怒声讨。也许,在扒手力量比较强大(3个身强力壮的小伙子),而且可能有凶器的情况下,人们选择沉默,也许是保护自己不受更严重伤害的无奈却是有效之举。

幸运的是,这一次全车乘客无一人钱财受损。那么,下一次呢,也许就没有如此幸运了。面对邪恶,面对不法之徒,如果我们总是选择集体性失语,选择退让躲避,只可能助长不法之徒的嚣张气焰,使正不压邪的局面难以改观。人们啊,什么时候才能变得勇敢一点!

(原载 2009 年 10 月 23 日《株洲日报》)

输在"起跑线"上又何妨

如今的孩子活得真累,每天背着沉甸甸的书包,早出晚归,晚上还有做不完的作业背不完的课文。到了双休日,在父母的带领下,参加一个又一个的"培训班":英文、书法、绘画、舞蹈、乐器……有些孩子,小小年纪就离开父母抛弃亲情,到外地的"名校"里去接受"封闭式"教育。所有这一切,都是在一个动人而响亮的口号支配下:不让孩子输在起跑线上!

孩子会输在起跑线上吗?如果人生是一场百米竞赛或者 110 米跨栏赛,起跑是极为关键的,0.1 秒甚至 0.01 秒都可能决定胜负。然而,人生不是短跑,人生是一场马拉松长跑。对于马拉松而言,起跑并不十分重要,慢个一两秒钟无所谓。相反,要是过早地消耗体力,注定不能坚持到终点。如果家长千方百计让孩子在人生的"起跑线"上"抢跑",牺牲掉他们的童年,将对孩子的一生产生负面影响,拔苗助长，得不偿失。

童年，应该天真无邪，充满童真童趣；应该亲近大自然，玩玩泥巴抓抓昆虫；应该和小朋友们一起尽情游戏。如果这一切都被扼杀了，孩子变成了小大人，终日没完没了地泡在书本和习题集里，想象力将消失殆尽。成年之后，童年居然没有留下任何值得回忆的趣事，那样的人生应该是一种悲哀。

20世纪80年代初期，某大学在全国选拔早慧少年，成立少年班而轰动一时。20多年过去了，当年的少年早已步入中年，尽管他们当中的一些人后来出国攻读了硕士、博士学位，但鲜有成大气候者，大部分人归于平凡。那位曾经名噪一时的少年，不堪思想上的压力，研究生也不敢考，30多岁出家当了和尚。实践已经证明，人生不能跳跃式成长，知识不能提前灌输，非要让少年去干成年人的事，只会留下无尽的遗憾。

相反，那些做出重大发明创造的卓越人士，少年时代不一定显得多么聪慧，他们的起跑并不精彩。爱迪生读小学时曾被学校当成迟钝少年而劝其退学。爱因斯坦9岁时说话还不流畅，读小学和中学时成绩平平，曾被一些老师断定不会成才。鲁迅小时候在"百草园"里玩得十分开心。按照眼下的观点，他们起跑太晚了，早就输在起跑线上了。

人生是一场马拉松，能否成功并不取决于起跑的那一瞬间，而在于人生各个阶段持续不断的努力，在于韧性地坚持。童话作家郑渊洁认为："输在起跑线上，能赢得人生；赢在起跑线上，能输掉人生。请让孩子输在起跑线上。"此话虽然失之偏颇，但不无道理。所谓别让孩子输在起跑线上只是一个美丽的谎言，是那些试图在孩子身上大把赚钱的商家的营销口号。我们的家长千万不要迷信盲从，而贻误了孩子的终身。

（原载 2010 年 1 月 18 日《株洲日报》）

死神随时来敲门

在青少年时代，我极少考虑生与死的问题，因为那个时候，生命似乎遥遥无期，死亡是相当遥远的事情。中年以后，经历了一些死亡事件，尤其是同龄人的过早谢世，让我开始对生命与死亡做一些思考。生与死之间的距离其实并不遥远，一条鲜活的生命，也许刹那间就会戛然而止。

球友 W 君 40 多岁，年富力强，是某单位的中层骨干。他的业余时间基本上用来健身和打乒乓球。由于多年的体育锻炼，他的身体塑造得相当"有型"，肌肉强健，身材健美，乒乓球堪称高手。他的生活方式与身体条件令熟人和朋友羡慕，一致认为他活到 90 岁是没有问题的。然而一场突如其来的车祸让他的生命定格在中年，让人不可思议的是，满满一车人，仅他一人丧生。W 君的英年早逝，亲人无法接受，我们这些球友也唏嘘不已，感叹生死无常，天妒英才。

我有一个中学女同学，她出身于干部家庭，从小学到中学一直是好学生、班干部、校文艺宣传队的台柱子，学校的知名人物。大学毕业后当了医生，有了一个幸福的家庭。她的丈夫是某单位的领导，儿子十分优秀，清华大学毕业后去美国留学，年纪轻轻在科研上就有了成就。然而命运却残忍地捉弄了她，让她在40多岁时患上了癌症。

　　她与病魔顽强地抗争了5、6年，生命力不可谓不强。出乎意料地是，一直精心照料她且身体健康的丈夫因为一个小手术却先行离去。这致命的一击使她感觉到"天塌了"，没过多久，她也撒手人寰。顷刻间，一个幸福的家庭不复存在，她那优秀的儿子成了孤儿。远在异国他乡，祖国已无父母可以探望和牵挂，多么令人伤感！

　　任何人都无法预知自己生命结束的准确时间，死神随时可能来敲门。夺人性命的方式多种多样：车祸、飞机失事、自然灾害、暴恐事件、安全事故……近几个月来，国内外事故不断，让人目不暇接而心惊肉跳。马航MH370神秘失联尚无踪影，马航MH17又在乌克兰上空被击落；台湾高雄石化气体外泄爆炸的烟雾还未散尽，江苏昆山市金属制品有限公司又惊天一爆；云南鲁甸地震，西藏旅游大马坠崖……一条条鲜活的生命猝不及防地消失，毫无抗拒地终结。

　　这些天灾人祸有可能发生在你身边，也可能发生在我身上。有些人祸可以预防，多数天灾无法逃避。生与死近在咫尺，生命如此脆弱，因此，我们更要善待生命，享受生命。我们不必为了聚敛钱财而疯狂劳作，透支生命；更不必为了娱乐应酬而夜以继日，牺牲健康。我们不必为了一些小事与家人、同事斤斤计较，耿耿于怀，争个你高我低，凡事要看得开，放得下。生命都有可能放下，还有什么不可以放下呢？

　　每天早晨，望着冉冉升起的一轮朝阳，呼吸着清新的空气，我感觉到还活着，而且是健康地活着，身边没有天灾人祸，这就是幸运，这就是幸福，要感谢上苍的厚爱，加倍地珍爱生命，过好每一天！

　　　　　　　　　　（原载 2014 年 8 月 18 日《株洲日报》）

微信阅读"涨姿势"

　　如今,低头一族何其多!坐在公交车上,只见乘客们埋头手机,全神贯注,旁若无人。假设低头族中有 50%在阅读(另外 50%在玩游戏、看影视或做别的),不论他是在读新闻、小说、心灵鸡汤还是养生之道,总之是在阅读,这极大地提高了国人的阅读比率。众所周知,国人阅读纸质图书的概率较低,而且呈逐年衰减的态势。欧美国家的公共交通车辆上,乘客们阅读纸质图书杂志的现象相当普遍,成为一道风景,而我国却很少见到如此风景。微信阅读的兴起,可谓填补了国人阅读量的不足。

　　据我粗略分析,微信阅读有不少优势,可以不分场所、地点、时间,可以不在乎光线的强弱,字体的大小,不必携带书籍,一机在手,可识大千。比如说我老伴,她的眼睛老花之后,极少阅读,报纸也不怎么看。自从学会了玩微信,一有时间就捧着手机看(因字体可以调大,老花眼镜也可弃之不用），微信阅读的时间每天不少于3小时。老伴经常跟我谈微信"读后感"，交谈的话题更多更广，生活的乐趣也增添不少。

我原来乘火车时喜欢阅读纸质图书，但乘汽车时一看书就有点头晕，而如今坐汽车看微信却无头晕的感觉。株洲这样的中等城市现在也成了"堵城"，坐一趟车花个四五十分钟是常事。拿出手机阅读微信是打发无聊乘车时间的极好方式。

每天晚上半躺在沙发上边看电视边看微信是我的一种休息习惯。不论是看电视新闻还是电视剧，都不必全神贯注，完全可以"一心二用"，瞧瞧手机，再瞅瞅电视。疲倦袭来，手机滑落，酣然入梦，不亦快哉！

与纸质图书比起来，微信阅读只能算是"碎片化"阅读。一些专家对于"碎片化"阅读的增多表示忧虑。我认为不必担忧，随着科学技术的发展，电子阅读被更多年龄层次的读者所接受，这是一种趋势。虽然微信文章大多比较"碎片"，但有了"头条"之后，可以分门别类地向读者推荐各种文章和信息，也可使人"涨姿势"。我喜欢读文史类文章，"头条"便不断地向我推出此类文章，使我增长了不少知识，免去了搜索寻找的麻烦。我喜欢打乒乓球，"头条"便不断地向我发送乒乓球赛事的信息与视频，让我先睹为快，这是任何其他媒体难以企及的。

微信阅读是纸质图书阅读的补充，有着其自身不可取代的优势，为男女老少喜闻乐见，尤其为老年朋友所喜爱。系统阅读也好，"碎片"阅读也罢，开卷有益，开"机"亦有益。所以，先不用去管那些"碎片化"阅读利弊的争议，且让我们充分利用手机，从微信阅读中获取更多的知识和乐趣吧。

(原载 2018 年 5 月 25 日《株洲日报》)

灾难是一次洗礼

1976年7月28日唐山大地震时我在北京。凌晨3点42分，剧烈的摇晃将我从梦中惊醒，我从上铺一跃而起（学生宿舍都是上下铺，我睡上铺），不知怎么就下了地，和穿着短衣短裤的同学们一起涌出宿舍，冲出大楼。没过多久，大雨倾盆。北京十分干燥，平常极少下雨，地震过后却有暴雨相随，我是亲身体验到了。后来才知道，唐山发生了7.8级大地震，全城夷为平地。那个年代封锁消息，拒绝外援，具体情况不明。直到若干年后才知道死亡20多万人。

"5·12"汶川大地震，远离震中将近1000公里的株洲也有感觉。大约下午2点半钟，我在办公室午休刚好醒来，忽然感觉到沙发微微抖动，持续了10多秒钟。我心里想，哪里又地震了？紧接着，有朋友打电话来说，不知哪里发生了地震。3点多钟网上的消息出来了：四川汶川发生地震。

天塌地陷,山崩地裂,村庄淹没,高楼垮塌。32 年之后,大自然又一次发起淫威。这次地震烈度之大,损失之惨重,波及面积之广,已经超过唐山。数万条鲜活的生命顷刻之间消逝,山河为之变色,天地为之悲怆。我突然感觉到,在大自然面前,人类还是渺小、软弱、无助的婴儿。我们曾经高喊过的"人定胜天"的雄壮口号其实是一句谎言。然而,灾难过后,如何拯救生命如何重建家园,人类还是有所作为的。

从汶川地震的那一刻起,整个中国在哭泣,整个中国在行动。这 10 来天所发生的事情让我悲伤,感动,震撼,感悟。最让人悲伤的是废墟下成百上千的中小学生,半个小时前,他们还欢蹦乱跳,充满青春活力,刹那间便阴阳两隔。至死小手中还紧握铅笔的孩子,他的学习生活才刚刚开始,但他今生再也无缘看书写字。此情此景,任何铁石心肠的汉子也会潸然泪下。最令人感动的是第一时间里赶赴震区的解放军官兵、武警战士、白衣天使和志愿者们,他们从空中、陆地、水上奔赴灾区,几十个小时的急行军,风餐露宿,用双手刨开断垣残壁,从死神手中夺回一个又一个生命,他们用自己的生命来拯救他人的生命。

最令人震撼的是中国人对生命的尊重与礼遇达到前所未有的高度。生命高于一切,救人高于一切,成为全体中国人的共识。国家设立 3 天哀悼日,下半旗为遇难同胞致哀,这是共和国历史上的首次。地震发生后,华夏之邦,地不分南北,人不分老幼,人人争先恐后献出自己的爱:从血管里汩汩流出的鲜血到工资袋里的薪金,甚至乞丐也加入捐款的行列。原来中国人并不丑陋,原来中国人如此乐于助人,原来中国人在灾难面前是如此的万众一心!

我最大的感悟是,地震没有发生在我们这里,这是上苍对我们的恩惠,我们都是幸存者。人世间所有的名誉地位、骄傲轻狂、官大官小、钱多钱少,都是多么的微不足道。灾难让我们发现了人的本身,灾难是一次洗礼,灾难让人的精神升华。灾难让我们珍惜生命,珍惜友谊,珍惜爱情。健康地生活在明媚的阳光下,这本身就是幸福,我们要好好活着,多做一些有意义的事情。

(原载 2008 年 6 月 4 日《株洲日报》)

古人的环保理念很超前

　　二十世纪五十年代至八十年代，我们在发展工业生产时一度忽视了环境保护。烟囱林立，马达轰鸣，焊花闪闪，视为繁荣；浓烟滚滚，废水直排，废品堆积，无人处罚；乱砍滥伐，填海填湖，毁田建房，成为时髦。直到最近一二十年，我们才意识到，破坏环境换来的GDP增长得不偿失，绿水青山胜过金山银山。其实，中国古代已经十分重视环境保护，古人的环保理念令人赞叹。

　　《吕氏春秋·十二纪》记载了战国时代的环境保护法规：孟春之月，"禁止伐木，无覆巢，无杀孩虫，胎夭飞鸟，无麛无卵"。仲春之月，"无竭川泽，无漉陂池，无焚山林"。季春之月，"无伐桑拓"。

　　《淮南子·主术训》总结了前人环境保护方面的经验："畋不掩群，不取麛夭；不涸泽而渔，不焚林而猎；豺未祭兽，置罘不得布于野；獭未祭鱼，网罟不得入于水；鹰隼未挚,落网不得张于溪谷;草木未落,斤斧不得入于山林;昆虫未蛰,不得以火烧田;孕育不得杀,鷇卵不得探;鱼不长尺不得取,彘不期年不得食。"

更令人惊叹的是,《淮南子·本经训》还对滥砍盗伐的后果进行了描述:"逮至衰世,镌山石,锲金玉,擿蚌蜃,消铜铁,而万物不滋。剖胎杀夭,麒麟不游;覆巢毁卵,凤凰不翔……构木为台,焚林而田,竭泽而渔,而万物不繁。兆萌芽卵胎而不成者,处之太半矣。"这些描述,在20世纪50年代末期的中国居然得到应验,为了大炼钢铁,满目青山变成光秃秃的荒山,河流干涸,草木不生。国人的环保理念居然大大倒退了!

《汉书·贡禹传》反对过度开采地下矿藏,认为"凿地数百丈,锁阴气之精,地藏空虚,不能含气出云;砍伐林木,亡有时禁,水旱之灾必由此也"。真是一语中的,何等准确!国人不听先哲的劝告,屡屡向大自然"宣战",只可能自食其恶果!

1975年12月,考古人员在湖北云梦县发现的秦简《秦律·田律》给予今人以极大的震撼:"春二月,毋敢伐材木山林及雍(壅)堤水,不夏月,毋敢夜(野)草为灰,取生荔、麛卵壳,毋敢毒鱼鳖,置阱网,到七月而纵之。……邑之近皂及它禁苑者,麛时毋敢将犬以之田。"

毫不夸张地说,这是世界上最早的保护自然生态的法律文书。春天禁止伐木,禁止堵塞水道,禁止烧草,禁止采集植物嫩芽或捕猎幼兽，禁止毒杀鱼鳖，禁止张网捕鸟，禁止在幼兽繁殖时带猎犬打猎……《唐律》《清律》中都有类似的条款。

　　发展工业不能牺牲环境，不能破坏生态平衡，不能竭泽而渔。只有尊重大自然，维护人与自然的和谐，才能获得可持续发展。古人的环保理念值得今人好好领会和借鉴。

　　（原载 2018 年 8 月 13 日《株洲新区》）

李东阳的湖湘情结

　　李东阳(1447—1516),字宾之,号西涯,谥文正,明朝中叶重臣,文学家,书法家,茶陵诗派的核心人物。原籍湖南长沙府茶陵州(今湖南株洲茶陵县)人,寄籍京师(今北京市)。李东阳的曾祖父李文祥于明初以戍籍隶燕山左护卫,其祖父李允兴遂定居于北京积水潭之西涯。李东阳出生于此,遂号西涯,世称西涯先生。

　　李东阳四岁时能书写大字,是公认的神童。父亲带他进宫朝见皇帝,因人小脚短,跨不过门槛。皇帝见此情景,便脱口说了上联:"神童脚短。"东阳应声对下联:"天子门高。"皇帝高兴地将他抱坐膝盖上,见其父亲还站立在一旁,又出上联:"子坐父立,礼乎?"李东阳答道:"嫂溺叔援,权也。"皇帝十分喜欢。8岁时皇帝点名入学,18岁考取进士,选庶吉士,授编修。

　　李东阳堪称官场不倒翁,历英宗、宪宗、孝宗、武宗四朝,官至吏部尚书、华盖殿大学士、迭加少师、太子太师。他不仅官场得志,而且文才盖世,以台阁大臣主持文坛数十年。其诗典雅工丽,世称"茶陵诗派"。李东阳兼善书法,于篆隶造诣尤深。

李东阳有着浓厚的湖湘情结,他曾祖辈已入籍燕山,自己出生在京师,但他一直认为自己是湖南人,始终以茶陵籍贯为荣。李东阳二十五岁那年(公元1472年)仲夏,与父亲李淳和三弟李东川一道南行省墓祭祖,这是他一生中唯一的一次茶陵之行。

在茶陵,他们去了荷木坪祭祖,到了离茶陵地界三十里的雷公峡,祭奠了长眠于斯的族高祖李祁。李东阳特意为李祁描了一幅画像,置于墓前。在茶陵的日子里,李东阳兴致勃勃,文思泉涌,写下了著名的《茶陵竹枝歌》十首、《荷木坪十二韵》等诗。他描写了茶乡人清明节前祭礼土地神的欢腾场面:"杨柳深深桑叶新,田家儿女乐芳春。刲羊击豕禳瘟鬼,击鼓焚香赛土神。"把春天的明丽、祭祀的热烈、田家儿女的欢快,描绘得传神真实,呼之欲出。

此后,李东阳从来没有忘记茶陵,常常以湖湘人自居,在诗文中多次提到茶陵以及与之相关的景物:"我家住在湘江东,十年只住京尘中。""我家旧在湘南住,犹记曾闻鹧鸪处。"茶陵,在李东阳心里,永远是他李氏族人一脉相承的"根",是他梦魂牵绕的故乡。

明武宗曾赐予李东阳一幢别墅,他将此别墅取名为

"怀麓堂",无偿地提供给进京的长沙考生居住。他还将自己的著作取名为《怀麓堂集》,表达了对长沙岳麓山的喜爱和无尽的湖湘情怀。李东阳为官清廉,去世时竟"贫不能具葬",靠门人故吏凑钱买棺安葬。嘉庆六年(1801),李东阳的陵园建成。每逢六月初九李东阳的生日,在京的湖南籍官绅和学子们齐聚此地,举行祭祀仪式,表达对这位文豪乡贤的怀念之情。

(原载 2016 年 10 月 23 日《株洲日报》)

杏花村与向日葵

唐代诗人杜牧的《清明》诗很有名:"清明时节雨纷纷,路上行人欲断魂;借问酒家何处有,牧童遥指杏花村。"一般人读此诗,都认为杏花村在山西,山西杏花村的汾酒名气大,曾经是国产十大名酒之一。我原来读此诗,倒是有些疑虑,我去过山西,那个地方气候干燥,清明时节干旱少雨,尘土飞扬,怎么会出现"雨纷纷"的景象?那么,杏花村在哪儿?

近读吾三省老先生的《文史丛话》,才解开了我心中的谜底。原来,国内以产酒闻名的杏花村有两个:一个在山西汾阳市东北三十里的地方,酿酒历史悠久,唐朝时出产的汾酒已享有盛名。另一个在安徽贵池县城以西,那里酿造的大曲酒,也有相当长久的历史。

杜牧生于陕西长安,后来一直在长江中下游地区任职,担任过黄州(湖北黄冈)、池州(安徽贵池)、睦州(浙江建德)等地刺史。据《江南通志》记载,杜牧在任池州刺史时,每当杏花盛开的艳阳天气,总要到城西杏花村一家姓黄的酒家去饮酒。酒酣耳热之际写下了流传千年的《清明》诗。安徽池州市贵池区的气候与诗中描写的景致相吻合,打消了我读诗的疑虑。但似乎不见贵池区出来"正名",借古诗扬名。时至今日,大多数人还以为杏花村在山西,也许是那里的酒更有名气罢。

小时候学过一句现代诗:"向日葵向太阳……"向日葵向着太阳转,这成了一条公理。不过,很快我就发现,屋前屋后人们种的向日葵并不跟着太阳转。少年时代的我产生了疑问:书上写的和实际为什么不一致? 向日葵是不是向着太阳转? 为什么会向着太阳转?

后来经过学习,我对这些问题有了进一步的认识。早在19世纪,科学家们在植物顶端找到了一种能够刺激细胞生长的激素,叫作生长素。生长素主要在茎尖形成,并向基部传输。向光的一侧生长素浓度低,背光的一侧浓度高。向光的一侧生长区生长较慢,背光的一侧生长区生长较快,因此茎就产生了向光性弯曲。近年来,科学家又在茎的生长区发现了较高浓度的叶黄氧化素。这种物质与生长素正好相反,向光的一侧浓度高,背光的一侧浓度低。向日葵和很多植物趋光是生长素和叶黄氧化素共同作用的结果。但向日葵并非在所有的时间都向阳,只是从发芽到花盘盛开之前朝着太阳转。花盘一旦盛开后,就不再向阳转动,基本上是固定朝向东方。

上述两个例子告诉我,求知和学习是一个不断从无疑到有疑,又从有疑到无疑的过程。一个人认识世界要不断思考不断求索,不应盲从和人云亦云。掌握的知识就像是一个圆圈,圈越大,里面的知识越多,圈外的疑问也越多,任何时候都不能自满自足,故步自封。

(原载 2009 年 5 月 20 日《株洲新区报》)

那年中秋的小月饼,让我回味了半个世纪

中秋节要吃月饼,如今的月饼品种繁多,内馅丰富,包装精美,但我没有一丝想吃的欲望。回忆起儿时过中秋吃月饼的情景,仍然让人感慨良多,回味无穷。

我们小时候,中秋节根本就吃不上饼。母亲用面粉拌着红薯粉做皮,里面包点糖和花生米,做成月饼模样的"粑粑",我们也吃得有滋有味。后来家庭经济状况好转,过中秋才有月饼吃。那时的小孩子勉强能够吃饱饭,平常连饼干之类的零食也难以接触,哪里去见月饼的踪影? 因而我们盼望过中秋节的主要原因是为了吃月饼。

我10岁那年,企盼已久的中秋节终于来临。吃过早餐,母亲给我和三个弟弟(五弟还没出世)每人发一个月饼,老二特殊,再加一个月饼。为何? 因他的生日正好是阴历八月十五。母亲叮嘱我们:"慢慢吃,莫一下子吃光了,留一点晚上赏月时再吃。"我们晓得,过节只有一个月饼,要慢慢享用,不可像"饿痨鬼"一样,两口就干掉。但馋虫来了

是控制不住的。那年吃的是伍仁月饼，里面包了冰糖、核桃、花生、芝麻，咬一口，香气满嘴，甜到心里，味道好极了！我们极为羡慕老二，为什么我们的生日就不是八月十五呢？两个月饼，多么令人垂涎的待遇啊！

到了晚上，我们三人的月饼早已进入肚皮，唯独老二还硕果仅存地保留了一个月饼。我们开始关注那个月饼的去向，三双眼珠滴溜溜地搜索。到了晚上，老二从里面衣服的口袋里摸出了那个珍贵的月饼，开始慢慢享用。看见围在他身边的三个垂涎欲滴的兄弟，他还算大方，每人掰了一小块。当月亮升起来，大人们坐在坪里赏月的时候，奇迹出现了，祖母从她的零食盒里摸出了两个芝麻月饼，给我们每人分了半个（祖母有一个零食盒，平常里面装了些花生瓜子之类的零食。她不主动拿给我们吃，我们是不会去动的）。这真是意外的惊喜！我们拿着这半个月饼，抬头望着银盆似的月亮，听祖母讲牛郎织女的故事，细细地品尝月饼的滋味。那个中秋节真是太快乐太令人满足了！

如今，月饼早已成了平常食品，一年四季都可以吃到。每到中秋节来临之前，商店里摆满了琳琅满目各式各样的月饼，我却再也找不到儿时吃月饼的感觉。尽管如此，我还是认为，今天的少年儿童比我们当年幸福，物资丰富的年代比商品匮乏的年代要进步，但愿那种生活困顿、视月饼如珍品的日子一去不复返。

（原载 2015 年 9 月 23 日《株洲日报》）

"扯白"童谣

　　祖母是我的第一任启蒙老师,孩童时代听着祖母的故事和童谣长大。祖母是长沙人,她教我念的童谣有一部分是新中国成立前流传在长沙一带的"扯白"童谣。"扯白"是长沙方言,意即撒谎,也指与客观事实相反、不可能实现的事情。小时候的我听得津津有味,十分新奇,至今回忆起来仍饶有兴趣。现记录几首如下。

扯白歌

太阳落坡我上坡,听我唱个扯白歌。

扯根茅草三抱大,吊起太阳往上拖。

半天云里安石磨,推得月亮直哆嗦。

白云高头搭灶火,抓把星星下油锅。

一脚踢倒桂花树,两拳打碎太虚阁。

唱反歌

燕子窝,唱反歌,先生弟后生哥,

生了妈妈养外婆。生爹爹,我打锣,

生了妈妈我接婆。那年我从外婆门前过,

外婆还在睡摇窝。

玉帝气得吹胡子,牛郎乐得笑呵呵。

扒块石头来烧火,水上浮萍放茅坡。

两个跳蚤比大腿,两个虱子比耳朵。

两个和尚来打架,头发抓成母鸡窝。

三十晚上

三十晚上大风大雨大月光,碰哒和尚偷茄秧。

盲人看见哒,聋人听见哒,哑巴就喊,跛子就追。

一追追到后背天井里,抓哒和尚的辫哒子。

大门拖不进,细门拖不进,从猫屁眼里拖进克哒。

拿起回克大锅煮不得,细锅煮不得,拿杂麻篮煮哒。

呷哒回克病哒,睡到九十九层楼上,

盖九十九层被窝,垫九十九层褥子。

请得医生来看时,还说添哒地气。

这些"扯白"童谣想象力丰富,诙谐风趣,或者违背客观现实,正话反说;或者气魄宏大,豪气冲天,上天入地,玩月亮星星于股掌。反映了那个年代底层百姓生活的无奈以及企盼变革的愿望。小孩子学念"扯白"童谣可以提高语言能力,拓展想象思维。那个年代,幼儿教育不被重视,早教读物少得可怜,于是,"扯白"童谣填补了这一空间,为孩子们津津乐道。

(原载 2018 年 1 月 29 日《株洲新区》报)

吃肉的感觉

　　春节期间,参加了几次聚餐,发现餐桌上的大鱼大肉少了,蔬菜和豆腐之类的"绿色"食品多起来。好多人认为,现在的猪肉没有过去的好吃,猪肉吃在口中虽然不能说味同嚼蜡,但感觉到木木的,对味蕾产生不了刺激。原因何在?我分析主要是两个原因:一是经常吃,胃中油水较多,生理上对肉缺乏需求感;二是如今的猪大多是饲料快速催肥,不像过去农家用剩饭剩菜、野菜加糠慢慢喂养,味道当然不可同日而语。

　　记得小时候只有星期天的晚餐才能吃上一点肉,那是最令人快乐的晚餐。父亲会倒上一小杯酒,我们当然无饮料可喝。望着那一菜碗辣椒炒肉或者米粉蒸肉,我们几兄弟眼放绿光,馋涎欲滴。开吃之前,大人就会反复告诫:"大口扒饭,细口吃菜!"一旦发现吃肉不均、有人多夹了几筷子的现象,母亲便会采取"分配制",给每个孩子的碗中夹几块肉。但一个星期的一顿肉又如何对付得了肚中馋虫？

七十年代初期我进了工厂，成了吃食堂的青年工人。食堂每个月发 8 张肉票，每周只能吃上两餐带肉的菜。我严格遵循细水长流的原则，按时吃肉，不搞"超前"享受。而有些单身汉没有我这样的计划性与克制力，一周之内将 8 张肉票全部消灭，图一时口腹之快，过把瘾再说，后面几周只能望见别人吃肉而让口水往肚子里吞了。

我在热处理车间工作了几个月，那是相当快乐的一段时光，因为要接触有害物质，有"保健"吃。所谓"保健"当然是吃肉了，每月发 10 来张"保健票"，到专门的"保健食堂"购买。我现在不吃肥肉不吃肉皮，那时候是越肥越有味，吃得满嘴流油才痛快。为了享受经常吃肉的待遇，当领导要调我去条件更好但无"保健"吃的模具车间时，我拖拖拉拉不想去。

少年和青年时代吃肉的美妙感觉已经十分遥远。我想重拾这种感觉，哪怕找回一点点。于是我尝试着采用两种方法，一是每周"戒肉"几天，所谓物以稀为贵，吃得少了，感觉到味道自然不一样。二是多运动，通过运动把胃中的食物消耗掉，腹中空空再吃饭吃肉，便有了愉快的感觉。当吃饭吃肉成了享受而不仅仅是一项枯燥的任务时，生活中的乐趣又增加了几分。

（原载 2014 年 4 月 14 日《株洲日报》）

偶尔陪父饮几杯

父亲好酒,但前半辈子基本上没有喝过多少酒。20世纪60、70年代,日子过得紧巴巴的,能够把肚子填饱就算不错了,哪有闲钱喝酒?逢年过节,母亲才到商店里买点散酒回来,瓶装酒是极少买的。孩提时代见父亲喝酒十分惬意十分陶醉的模样,认为酒是个好东西,味道一定不错。于是,父亲就用筷子蘸了酒,在我们几兄弟的舌头上轮番点一下,我辣得只吐舌头,觉得味道不怎么样。

70年代初期,我在四川泸州工作。泸州的酒名气很大。有一年我回湘探亲,带了两瓶"泸州老窖"。说是好酒,其实那时才几元钱一瓶。父亲舍不得喝,把酒藏在柜子里,说是要等到过年才喝。但父亲有两瓶好酒的消息不胫而走,在工厂的宿舍区传开了。父亲的同事和朋友经常到家里来转转,打探这酒何时开瓶。积极性最高的要算父亲的老乡袁师傅了,三天两头地跑来询问:"老张,你那两瓶酒香气飘得好远的,我在屋里都闻到了。什么时候启封呢?未必还要搞一个仪式啊?"父亲卖着关子:"莫急,莫急,到时候会通知你的。"

袁师傅酒瘾极大,又是一个典型的"妻管严",在家里不可能有酒喝。他经常背着老婆,到小商店里买个一、二毛钱酒,站在柜台跟前慢慢品。如果再买一毛钱花生米下酒,那算得上是相当奢侈了,大部分情况下是喝"光口"酒。喝了酒不能直接回家,要是老婆闻到了酒气会劈头盖脸臭骂一顿。

大概是过年的前夕,父亲喊了几个老乡和朋友到家里来,让母亲炒了几个小菜,喝掉了一瓶酒。袁师傅自然是兴高采烈地来了,而且很神气地跟老婆打招呼:"我到老张家里喝酒去了!"老婆当然不会反对。大人喝酒,细伢子是不上桌的,只是远远地看着他们兴奋地喝酒吃菜,激动地交谈,脸放红光,幸福得昏天黑地。只听见袁师傅边吃边啧啧称赞:"好酒!"

那个物资匮乏的年代已经离我们远去。80年代以后,日子越过越红火,父亲的酒也越喝越高档。几十元一瓶的经常喝,几百元一瓶的有时候也喝一喝。在广州工作的弟弟送给他的"五粮液""酒鬼",他一般舍不得独自喝,要等到我们回家时才与儿子们共饮。我不喜喝白酒,但每次回家都要与父亲对饮一番。边喝酒边谈谈往事叙叙家常,喝酒的过程是温馨而愉快的,充满了天伦之乐。

父亲年过八旬，患有高血压、哮喘病等，身体大不如从前，医生劝他戒烟少酒。对于他这个烟、酒、茶、槟榔四样都不能少的老人而言，多了禁忌便少了快乐。完全戒掉酒（近年来烟已经基本上戒掉了），父亲此生恐怕难以做到，最多在控制数量上下点功夫。只要我们当儿子的一回家，酒是一定要上的。

　　隔一段时间回家看看父亲，陪他喝两杯，这成了我生活中不可或缺的重要内容。快过年了，父亲在盼望儿子们回去。酒已经准备好了，当然不会让父亲失望。

（原载 2007 年 11 月 11 日《株洲日报》）

家中"烧火"那些事

在共和国 65 岁生日来临之际，很多往事又涌上心头。几十年里，国家一直在变，光是"烧火"这件事，就能说上大半天。

一个家庭开门七件事：柴米油盐酱醋茶。柴摆在第一位，可见燃料之重要，只有把火烧起来，才能烹制食物，才有人间烟火，才有家的气息与味道。如今城里家家户户用上天然气或者液化石油气，真是方便之极环保之极。打开炉子开关，蓝色的火苗呼呼直蹿，火力强劲，一桌饭菜很快做好，人们不必为"柴火"问题劳神费力。然而"进化"到今天这一步，市民走过了几十年的历程。

20 世纪 50、60 年代，城里人生火做饭烧的是"散煤"。所谓"散煤"，就是上煤店购来煤粉，加点黄泥和水，做成一块块的煤饼，晒干。生火时要用木柴"发火"，至少要半个小时才能将煤饼点燃。散煤灶封不住火，每天早上要生火，弄得煤灰飘散,烟雾腾腾,真是"家家点火,处处冒烟",呛得人眼泪直流,既不环保又不卫生。每次买煤粉还要去借板车,全家出动拼劳力,相当麻烦。

到了60年代末70年代初期,城里开始推广藕煤。最开始的藕煤模子是手捶式,模子放在地上,将煤与黄泥和好之后塞进模内(煤和得比较干),用榔头捶打敲紧,弄出来就是一块藕煤。这是最原始的藕煤,做起来费劲费时,做一块煤需要几分钟。我那时读中学,开始帮大人做煤,兴趣蛮大,以为好玩,做了个把小时就累得腰酸背痛,而且见不到什么成效。

大约一两年后,藕煤模子改进成脚踩式,有了一个长手柄。人站着操作,将煤"打"进模内,脚一踩,成型的藕煤就做好了,效率大大提高,且省力多了。藕煤比起散煤来,既节约又卫生,做饭烧菜烧水,每天4、5块就够了。最大的优点是,藕煤可以封火,第二天早上不用生火。当然,封火有点"技术"含量,封火门留一个眼还是半个眼,有讲究。留多了火烧完了,留少了火熄了。十几岁的我喜欢琢磨这些事情,封火封得好,基本上不会熄火,父母便把每晚封火的任务交给我。

经过十几年的进化,出现了藕煤加工店,机械化作业,有现成的藕煤成品卖了。家庭制作藕煤逐渐成为历史,藕煤模子被束之高阁。不过那时尚无送煤业务,要自己上煤店购买,劳动强度大,也麻烦。由于家家户户烧藕煤,煤店供不应求,有时还出现"抢煤"现象。煤店的运输带两旁站了一些人,刚刚做出来的煤块尚在运输带上传送,便被眼明手快者抢入筐中。

从20世纪80年代到90年代,工作单位的办公室绝大部分烧藕煤取暖。单位请几个民工,派车购买藕煤,再分发到各个办公室。入冬,办公室将"北京"炉子(藕煤炉子的另一称谓)放好,将烟筒架起,把藕煤烧起来,室内立刻变得暖意融融,宛如春天。与今天的空调比起来,虽然劳神一些,卫生差一些,但感觉上舒服多了,却成本低廉。

家中厨房的燃料进化到了清洁能源的时代,人们用在买煤、做煤、生火、倒煤灰上的时间统统节省下来,从家务劳动中解放出来,有了更多的时间休闲娱乐,这是时代的进步,是科技的发展。我们在享受生活的时候,要由衷地感谢这个时代!

(原载2014年10月1日《株洲日报》)

见字如面

那天去邮局寄包裹，看见一位 80 来岁的老者买了一枚邮票，往一个信封上贴。好奇心油然而生，凑过去瞧了一眼。那是一封手写的书信，漂亮的钢笔字令人眼前一亮。在电子信息化的今天，短信、微信、QQ 随意使用，手指轻轻一动，信息便可飞越万水千山，抵达亲友眼前。用手写书信通过邮局寄送费力费时，还在坚持此法者已是凤毛麟角。我询问老人："老人家，您一直手写书信吗？"老人答："几十年来，我一直手写书信与亲人联系。虽然麻烦一点，但是'见字如面'，感觉到亲切，而且有利于长期保存。"好一个"见字如面"！这久违的 4 个字曾经伴随我 40 来年，手写书信一些美好而亲切的片段又浮现在脑海。

我从小学 4 年级开始写信。在学校学了应用文之后，我就"学以致用"，给远在浙江从事地质勘探工作的叔叔和在广东当兵的舅舅写信。当我收到他们的第一封回信时，兴奋地跳起几尺高："回信啦！"这表明我写的信已经成功地邮寄到了亲人的手中。我的祖母曾经读过几年私塾，算得上是一位有文化的老太太，她告诉我在写信的开头写上"见字如面"4个字。于是我写信时经常使用，成为频率最高的开头语。

叔叔是20世纪50年代的中专生，他写的钢笔字一笔不苟，隽秀工整，自成一体。他的书信成了我的"字帖"，临摹他的字迹后，我的钢笔字有了明显进步。我上初中的年月，学校流行穿军装戴军帽，"军装黄"成为青少年心目中的潮流色。我给当兵的舅舅写信，请求他给我寄一套旧军装和一顶旧军帽。半个月后，我收到渴盼已久的礼物，欣喜若狂。母亲把衣服改小一点，我就头戴旧军帽，身穿旧军装，神气活现地去了学校。同学们纷纷投来艳羡的目光，这可是货真价实的军装，绝不是在商店里扯点黄布做的"仿冒品"！我引领了一回服装新时尚，全靠书信帮忙。经常写信最重要的收获是写作能力增强，思路拓宽，语文课上写起作文来得心应手。

鸿雁传书助我找到了人生的另一半。我28岁那年，单位同事给我介绍了一位对象，是另外一座城市的中学语文教师。见面之前，我们先互通书信进行了解。我给她写了第一封信，开头写上"见字如面"，还夹寄了一张半身照片。我不寄全身照片是因为自己"海拔"不够高，半身照片可以"扬长避短"。很快，对方回信了，也在信里夹了一张照片。

从字里行间可以看出，她对我这位"理工男"的文字功底和钢笔字体均很满意。

几个月后，我们见面了。尽管我的身高没有达到她的期望值，但有了十多封书信的铺垫，我们在思想上已经息息相通了。确定恋爱关系后，我又给她写了一首长长的情诗进行"爱情告白"，牢牢地俘获了她的芳心。不到一年，我们便走进了婚姻殿堂。

自从有了手机，我基本上没有写过信，我周围的人们也不写信了。流传了一千多年的书信难道会失传？"家书抵万金"带给人们的激动与欣喜再也无法体验了。当我回忆起"见字如面"的种种美好时刻时，又有了想手写一封书信的冲动。

(原载 2017 年 7 月 16 日《株洲晚报》)

没有故乡

　　所谓故乡应该是生于斯长于斯的地方，也就是家乡。然而我的故乡在哪里？我是厂矿子弟，从小跟着父亲从一家工厂迁徙到另一家工厂。难道工厂的宿舍区是我的故乡？或者工厂的所在地是我的故乡？似乎都不确切。

　　20世纪50年代末期，父亲调到位于湘中某县一家正在筹建的大型企业，该工厂是当时苏联援建的156个大项目之一。我们全家住在工厂的家属宿舍区，宿舍区没有围墙，处于大自然的拥抱之中，周围是农田、菜土、池塘、小山。每天放学后，我们就到池塘水库里游泳、钓鱼，到小山上去玩"打仗"的游戏，当然有时候也帮父母亲种菜。我虽然不是农村孩子，但从小对大自然的亲近程度应该跟他们不相上下。

　　那个年代是工厂办社会，从幼儿园、小学到医院、商店、电影院，一应俱全。我的小学是在工厂职工子弟学校读的。老师大多是从厂里抽来的专业人员,他们一般都是大学毕业生,在当时教小学也算是大材小用了。我上小学时很有点叛逆精神,性格倔强,成绩虽好,但并不逗老师喜欢。大概是三四年级的时候,有一天上数学课,我把乒乓球拍插在后背皮带里。戴眼镜的男老师走到我后面,突然把我的球拍抽走,扔在讲台上。我正在认真听讲,没有任何调皮的举动,你为何拿走我的球拍?我非常气愤,顺口冒出一句:"你拿我的球拍干屁!"老师大怒:"我是跟你干屁的吗?站起来!"我很不情愿地站起来,该老师嫌我站得不好,踢了我一下。我一怒之下,冲出教室,跑到山上的麦子地里睡了一觉。

少年时代的生活是丰富多彩的,我游泳,钓鱼,玩弹弓,打弹子,养蚕,养鸟,什么都要玩一下。我养过喜鹊和麻雀,麻雀性子急,很难养。有一次我抓到了一只羽翼未丰的麻雀崽子,每天精心喂养它,看着它慢慢长大。这只麻雀似乎通了人性,翅膀长硬了也不飞去,在我家的地面上跳来跳去,跟我们玩耍。几个月之后的一天,我叔叔来我家探亲,不小心将这只可爱的麻雀踩死了,为此我伤心了很长一段时间。

有一年暑假的一天,我们一群小伙伴在野外玩,看见干涸的池塘中有一条1米多长的大蛇。我们迅速把池塘团团围住,对蛇展开攻击,石子土块齐飞,把它打得晕头转向。但蛇并不示弱,竖起脑袋,吐着红信子,发出"嘶嘶"的声音。正在双方相持不下时,住在我们楼上的李伯伯提着马鞭赶来。李伯伯是个山东大汉,南下干部,副厂长。李伯伯扬起马鞭,"叭叭"两下,正中蛇头,我们纷纷喝彩……

中学毕业后,我离开这块刻写着我少年时代欢乐的土地。不久后,父亲调离,全家人离开了这家工厂。20多年后,我来到了这家工厂的宿舍区,试图寻找儿时的记忆,但变化太大了,几乎找不到当年的痕迹:钓鱼游泳的池塘已不复存在,小山坡已夷为平地,房子越建越多,鳞次栉比。我见到的是一张张陌生的面孔,他们毫无表情地看着我。下班时分,我站在马路边注视着回家的男男女女,他们当中有我少年时代的玩伴,有我小学中学的同学,他们对我形同路人。

我渴望找到游子回到故乡时那种令人激动的感觉,但我失败了。

(原载 2007 年 6 月 7 日《株洲日报》)

大年初一过情人节

　　大年初一上午 10 点来钟，女儿起床后对我的第一句祝贺语竟然是"情人节快乐"！我惊讶之余猛然想起，今天是 2 月 14 日，正好是西方的情人节。还在上大学的女儿又冒出雷人之语："老爸，情人节你送我什么礼物？"我一头雾水，反问："你过情人节与我什么相干？"女儿答："我现在还没有情人，女儿是父亲上辈子的情人，你送我一盒巧克力吧。"似乎有这种说法，虽然有些牵强，但是她要一盒巧克力的愿望不算过分。

　　下午，我陪女儿逛超市，给她买了一盒巧克力。出了超市，我突发奇想，对女儿说："陪我去花店，我想买一束鲜花。""你买鲜花送给哪个情人呀？"女儿不解。我说："到时候就晓得了。"大年初一，街上绝大多数店铺都关门闭户，我们找了半天，终于寻到了一家开门营业的花店。因为情人节的缘故，鲜花的价格已经翻番。买什么花好呢？花店老板告诉我们,情人之间送花,一般送玫瑰和郁金香,勿忘我也行。不过年纪大一点的,送百合与并蒂莲也不错,并蒂莲表示夫妻恩爱,百合则纯洁庄重,象征着白头偕老,我花了100元买了一束百合花。

买了鲜花我们径直回家。女儿已经猜出鲜花将送何人,她惊叹:"老爸,你真浪漫!"我跟女儿讲:"中国人喜欢称配偶为'爱人',爱人与情人,对应的英文是一个词Lover,因此,你老妈当然就是我的情人了。"我从来没有在情人节给妻子送过礼物,一来我们对洋节不感兴趣,二来妻子是个节俭而务实的人,如果送她一束鲜花还不如送她一斤猪肉几斤蔬菜更令她高兴。

当我把百合花献给妻子并祝她"情人节快乐"时,她发了十几秒钟的呆,但很快回过神来,欣然接受了我的祝贺。晚饭后,我提议和妻子一起出去散散步。平常,由于业余爱好不相同(她爱国粹,我喜国球),我们很少一起散步。大年初一兼情人节的晚上,大街上寒风冷雨,行人寥寥,只有高高挂起的红灯笼和此起彼伏的鞭炮声传来了过年的信息。

我和妻并肩走着,我们谈了很多,谈得很热烈,好久没有这样交谈了。爱情是需要培育和更新的,把妻子当情人,老两口当成小两口过,不断给生活增加浪漫元素,同样有新鲜感,我过了一个非同寻常的情人节。

(原载 2010 年 2 月 26 日《株洲日报》)

狗狗的世界你不懂

在网络上看到过一个视频：一条鱼在一块干地上蹦跳，干地旁有一个水坑，一只小狗不断地用嘴巴拱水往鱼身上浇，似乎在"救"那条鱼。很多网友惊呼："太奇妙了！""好有爱心的小狗！"

见此视频后，我也感觉到十分神奇。如果小狗是想"救"那条鱼，它应该具有如下思维：第一，鱼儿离不开水，没有水鱼就会死去；第二，只有把水"运"到鱼身上，才能救它，小狗有这样的思维能力和"爱心"吗？

我家里养了一条泰迪狗"帅帅"。我发现它非常喜欢"埋"骨头，给它一块骨头，它啃了一阵之后，或者衔着骨头藏在某个角落里，或者放在沙发上，不断地用嘴巴拱沙发布来"埋"骨头，只到看不到为止。如果让帅帅衔着骨头上了屋顶阳台，它就会把骨头"埋"在泥土里，反复用嘴巴拱泥土，甚至鼻子磨破了皮也不在乎，"埋"到骨头藏而不露才停歇。如此看来，那只往鱼身上拱水的狗，其实是在"埋"鱼。它想用水将鱼"埋"起来，藏起来，它应该没有"救"鱼的意识。

网络上还有一张小狗衔矿泉水瓶子的照片，受到网友点赞："小狗会捡垃圾！""小狗有环保意识！"小狗真的比那些乱扔垃圾的人觉悟高？真的具有环保意识？非也，其实小狗咬矿泉水瓶子纯粹是好玩。我家的帅帅特别喜欢咬矿泉水瓶子，见人喝矿泉水就对着人叫唤，让你把空瓶子扔给它。咬着瓶子嘎嘎响，直至变形，外面那层塑料纸掉下来，它还不肯罢"嘴"。啃骨头，咬东西玩，是狗的本性。

我家的帅帅还喜欢跟我玩扔瓶子的"游戏"。每天晚上我坐在沙发上看电视时，帅帅就衔着空瓶子放到我膝盖上，让我扔出去。我拿着瓶子做欲扔状，它就后退着抬头盯着瓶子，龇牙咧嘴，做接瓶子状。我将瓶子扔出好远，它奔跑过去咬住瓶子又送给我，等着我再扔。如此反复多次，乐此不疲，弄得我都没有耐心了。

狗狗虽然没有环保意识和"爱心"，但也有简单的思维和内心世界。作为养狗之人，要懂得狗的习性，顺应它的习性，才能养好狗。比如狗狗最喜欢户外活动，如果每天将狗关在家里，时间久了它就狂躁不安，可能会憋出毛病来。

（原载 2015 年 3 月 18 日《株洲日报》）

家务劳动是婚姻的黏合剂

不久前,我市发生了一起让人啼笑皆非的离婚案,起因是小两口都不愿意洗碗。统计资料表明,80年后的年轻人婚姻缺乏稳定性,离婚率比较高。任性,草率,责任心差,这些都是造成婚姻解体的重要原因。男女双方不愿做家务事,都想当"甩手掌柜",亦是主要原因之一。眼下步入婚姻殿堂的青年大多是独生子女,从小到大没干过多少家务活,在父母的呵护与溺爱中长大,衣来伸手,饭来张口。有的人从小学到高中,恐怕连自己的袜子也没有洗过一双。如今结婚了,要面对柴米油盐酱醋茶,自然感到手足无措了。

现在的年轻人很时尚很现代,理想十分远大。男士的梦想是:拿美国的工资,开德国的汽车,住俄国的房子,娶日本的老婆。他们希望妻子像日本女人一样温柔贤惠,包揽一切家务活。女士的梦想是:三围魔鬼化,收入白领化,家务甩手化，快乐日常化，情调小资化，购物疯狂化，老公奴隶化。老公要像奴隶一样听使唤，做饭洗衣都能干。双方的梦想发生冲突，于是家庭矛盾不可避免。

过惯了"形而上"的生活，不想过"形而下"的日子，于是餐餐吃盒饭，天天叫外卖，或者方便面充饥。打扫卫生干脆请钟点工。如此家庭哪里还有家的味道，家的温馨？长期吃盒饭快餐之类的垃圾食品，不但加大了家庭的经济开支，而且对建康极为不利。

其实，夫妻双方都干一点家务活好处多多。第一，家务劳动是一种锻炼和放松。尤其是对于白领而言，长期坐在电脑面前，身体僵硬，视力受损，而干干家务可以活动筋骨。第二，家务劳动可改善生活，促进健康。自己动手做的饭菜营养丰富，味道可口，不但节约了开销，而且提高了生活质量。第三，家务劳动可以使夫妻双方加强沟通，增进感情。夫妻在共同干活的过程中说说话谈谈心，感情更加融洽，家庭氛围更显温馨。

家务劳动是婚姻的黏合剂。年轻夫妇们，多干点家务活吧。

（原载 2008 年 1 月 20 日《株洲日报》）

老婆的 N 次减肥

女人减肥如同男人戒烟,是可以反复进行多次的。所不同的是,男人戒烟的形式比较单调,而女人减肥则形式多样,花样百出。

老婆在与我共同生活的历程中有过几次大的减肥动作,均见到了成效,只是苦于不能坚持,半途而废,出现严重反弹。第一次减肥发生在 20 世纪 80 年代,称为"吃西瓜减肥"。各位也许会感到奇怪,吃西瓜怎么会减肥? 道理很简单,多吃西瓜把胃填满了,少吃饭菜,即可达到减肥的效果。那个年代单位喜欢发点东西搞福利,西瓜一发就是上百斤。如果不抓紧吃,西瓜变烂瓜很可惜。老婆生怕浪费西瓜,每天要吃掉许多,自然节约了饭菜。

一周下来,老婆感觉体重轻了,于是她有意识地用此法减肥。一个月之后,老婆"苗条"了不少,不过脸色也变黄了。我叫停此种减肥法,但她不予理睬。无奈,只得请来岳父岳母,在她父母的干涉下,吃西瓜减肥法宣布中止。

中年女士"横向发展"的能力是强大的,一旦停止减肥,身材便日益"丰满"。老婆第二次下决心减肥时已经到了90年代,这次她采取的是"跳楼梯"法。上班利用工间操的时间跳楼梯,双腿并拢,从一楼跳到四楼,连续跳两三次。运动强度大,立竿见影见成效。大约坚持了3个月,由于太累人,此法无疾而终。

进入新世纪,老婆有了第三次减肥的大举措:"跳绳减肥"法。每天晚上,老婆到屋顶上跳绳,从开头每次数百下逐步递增。一千下,二千下,后来一次要跳三千多下。3个月下来,绳子跳断了几根,鞋子跳烂了几双。老婆的身材苗条了,走路也轻快了。邻居们纷纷向她取经,当听到一次跳绳三千多下的真经时,那些中年女士纷纷咋舌:"哪有咯大的干劲?难得学!"跳绳减肥大约坚持了半年,因单调乏味且太辛苦,也悄然收场。

几年没有减肥了,老婆又"富态"起来。每次出门之前总要对着镜子试半天衣服,左穿一件觉得不行,右穿一件也不行,总认为身上鼓鼓囊囊,穿什么衣服都没有"式样"。一个月前,老婆到文化园散步,和跳广场舞的大妈们一起扭动了几下,感觉蛮不错。于是她宣布,新一轮减肥开始!这次减肥是广场舞加节食,每天晚上少吃主食,到文化园去跳一个小时广场舞。本次减肥初见成效,她腰间的赘肉明显减少,原来显得过小过紧的衣服裤子能够穿了,老婆十分欣喜。

"你如果能坚持一个冬天,我就佩服你!"我激励老婆。广场舞运动量适中,适合中老年人。有个群体大家一起活动一起交流, 不会觉得乏味, 应该能够坚持得久一点,我在心里默默祝愿老婆减肥成功。

（原载 2013 年 11 月 27 日《株洲日报》）

萌娃伊坨

外孙女伊坨满了 2 岁之后可以较清晰地表达自己的意思,和大人对话,提出自己的想法和问题,想象力很丰富。或许是童话故事听多了,她经常说"妖怪来了,在门后面",当我告诉她"妖怪被外公打跑了",她才消停。有一天晚上她妈妈独自带着她在家里,半夜 12 点了还不肯睡觉。她突然望着天花板上的吊灯说:"上面有一个妖怪。"反复说了几遍,把妈妈吓着了,赶快打电话要爸爸回家。看来,有关妖怪的故事对幼儿不宜多讲。

伊坨喜欢户外活动,喜欢和小朋友一起玩,每次和小朋友玩得兴起便乐不思归。有一次,爸爸妈妈带着她逛商场,见到一个比她略大一点的小男孩,很快就玩到一起。爸妈购完物要回家了,伊坨还不肯走。爸爸采取强制措施,抱起便走。伊坨大喊:"哥哥快救我!"旁人纷纷侧目,以为是人贩子在抢儿童,幸亏伊坨又喊了一声:"不要爸爸！"否则，很可能有人会挺身而出，见义勇为。

伊坨小小年纪就有了是非观念。有一天我带着她在外面玩，看见一个男孩和一个女孩打了起来。两个孩子都有3岁多了，比伊坨高一截。伊坨竟然走上前去，对他们摆摆手说："小朋友不要打架！打架不是好小朋友！"见到一个小不点在劝架，旁边的大人感觉到很好笑，然后又纷纷为伊坨点赞！

伊坨模仿能力强，大人讲过的话，她悄悄记在心里，一有机会便脱口而出。大人批评她的话，她也时不时地来个"反批评"。有一天晚上，爸爸不小心把电视遥控器掉在地上。伊坨立即批评爸爸："哎呀，你好调皮的！你把遥控器的小粒粒都摔出来了，你怎么搞的呀？怎么那么不懂事呀！"一连串的"成人语言"让爸爸哭笑不得。

幼儿时期正是学习语言的黄金时期，大人要多跟他们交流，讲、读一些他们能够理解而且有益于身心的故事，既开启他们的智力，又能够增强他们的语言能力。幼儿讲"萌语"很正常，他们的"萌语"直截了当，天真烂漫，让大人开颜一笑，增加了带娃的乐趣。

（原载 2018 年 6 月 4 日《株洲新区》报）

琴师老婆

　　由于单位改制,老婆40几岁就"内退"了。年富力强之际便失去了工作,老婆很不适应,心情郁闷,想找点事情做,继续发光发热。我帮她分析:你从事过的两项专业,一是中学教师,二是档案工作,都属于供大于求的职业,很难找到事做。你当年上山下乡时曾在公社毛泽东思想文艺宣传队拉过二胡,最好是把二胡练一练,看能否带带学生,也可体现一下自身价值。老婆欣然接受我的合理化建议,将尘封已久的二胡找了出来。

　　经过联系,老婆在一家幼儿园找到了一份教琴的工作,所得收入园里要扣掉一半,所剩无几,感觉辛苦。数月后,老婆炒了老板的鱿鱼。后来,她也断断续续带过几个学生,但没有固定的生源。由于经常到公园里去为唱歌的中老年人伴奏,老婆结识了一批京剧票友。从此,她爱上了京剧,一发而不可收,学生也懒得带了。

老婆购置了京胡和京剧唱腔选本,开始钻研。有了二胡的基础,要改京胡不算太难。老婆是一个极为执着极为刻苦之人,当年读"电大"时,她就是凭着这种刻苦精神,30几岁"高龄"还获得了优秀毕业生的光荣称号。一有时间,老婆便练琴不止,终日沉浸在"西皮""二黄"的世界里。数个月下来,老婆的京胡就拉得有板有眼,像模像样了。

在公园里拉了一段时间的琴之后,老婆进入了京剧票友社,登堂入室,成了票友社的琴师。女士拉京胡的十分稀罕,女票友喜欢到她琴上唱戏,一是同性比较好沟通,好交流;二是老婆一视同仁,不论唱得好赖均认真伴奏,不像某些男琴师,耍"大腕"派头,见到唱功不佳者显得不耐烦。票友社每周两次活动,有时要参加社区演出,有时应邀到票友家开"小灶",老婆的日程排得满满当当,日子过得充实而丰富。

近50岁时,老婆的眼睛老花了,配了一副老花镜。她看书看报时感觉吃力,但一看到京戏唱段曲谱便两眼来神。她常常废寝忘食地抄写京戏曲谱,老花镜也不用戴,一坐就是三四个小时。我在佩服她的执着与干劲之时心生感叹:兴趣就是最大的动力、最好的学校!

琴师老婆,愿你的琴声越来越动听,愿你的生活越来越快乐!

(原载 2012 年 2 月 13 日《株洲新区》报)

登上了现代化雷峰塔

　　一座崭新的现代化的雷峰塔已经矗立在西湖边。从远处看,藏青色的雷峰塔雄浑壮观,气势不凡,金色的塔顶在阳光下熠熠生辉。乘电梯来到塔底,步入塔内,即刻感觉到了这座现代建筑的宽敞气派。旧雷峰塔的遗址被保存在新塔内,用玻璃罩隔开,游人透过玻璃罩可以看到当年镇压"白蛇娘娘"的断垣残壁。

　　塔内每一层都有精美的木刻与绘画,讲述着白蛇与许仙凄美的爱情故事。80多年前,鲁迅先生写了两篇有关雷峰塔的杂文,一篇是《论雷峰塔的倒掉》,另一篇是《再论雷峰塔的倒掉》,这也许是今天雷峰塔名扬海内的原因。鲁迅先生是见过未倒的雷峰塔的,"破破烂烂的映掩于湖光山色之间,落山的太阳照着这些四近的地方,就是'雷峰夕照',西湖十景之一。"他认为"雷峰夕照"的景色并不见佳。

　　先生小时候听祖母讲了《义妖传》的故事,希望雷峰塔倒掉。他说:"那时我唯一的希望,就在这雷峰塔的倒掉。后来我长大了,到杭州,看见这破破烂烂的塔,心里就不舒服。"先生不喜欢雷峰塔,因为它是法海和尚拆散白蛇与许仙爱情的工具,是将自己的意志强加于人的暴政象征,"和尚本应该只管自己念经。白蛇自迷许仙,许仙自娶妖怪,和别人有什么相干呢?"不过,先生预言:"倘在民康物阜时候……新的雷峰塔也会再造的吧。"

今天,雷峰塔终于以全新的面貌出现在世人面前,先生的预言成为现实。在这现代化的塔里,游人无须耗费多少体力来攀登,从塔底乘直升式电梯可到达塔顶。站在塔顶,极目远眺,西湖美景尽收眼底,那宝石般清澈的西湖烟波浩渺,湖畔郁郁葱葱的树木连接到天际,真让人有了人间天堂的感觉,全然没有了鲁迅先生笔下那"破破烂烂"的景色。

今天的雷峰塔已不是过去的雷峰塔。镇压之塔变成了游玩之塔,休闲之塔,观景之塔。看到熙熙攘攘兴致勃勃的游人,我想,先生预言的"民康物阜"国泰民安的盛世已经到来了。

(原载 2006 年 10 月 10 日《株洲日报》)

高峡平湖别样风情

　　到了张家界,不可不游宝峰湖。上午还是阴雨绵绵,下午雨住风停。天公作美,我们一行十余人开始登山。游湖先登山,让人心里有了悬念:高山上的湖泊是个什么模样?个把小时的攀登,我们登上了山顶,只见明镜般的湖水映入眼中,真是高山有好水,高峡出平湖。在奇峰异石的环绕之中,一泓碧水,深不可测,让人赞叹这独特的风景,赞叹大自然的鬼斧神工。

　　我们坐上游船,在湖中漫游,感觉到空气格外清新,呼吸格外舒坦。这是高山湖面上负离子极多的缘故。湖中有两座叠翠小岛,近岸奇峰屹立,山峰倒影在水中,竟令人产生了上下空间错乱的感觉。在湖中漫游,还可以见到湖心岛上的一些佳景,如"仙女照镜""高峡平湖""金蟾含月",各具特色。正是:"云梯万丈上天台,高峡平湖一鉴开,瑶池王母绮窗望,浣沙仙女下凡来。"在如此纯净如此碧绿的湖面上泛舟,宛若仙境。

　　湖面弯曲之处,停泊着几条小舟。身着艳丽民族服装的阿妹站在船头对着我们放开歌喉:"宝峰湖上好风光,土家阿妹把歌唱,对面的阿哥听仔细,要想对歌站出来……"荡气回肠的土家山歌,穿越平静的湖面,穿过四周山峰,传向天际间。"哪个出来对歌?"我们起哄。40多岁的老王平时文质彬彬,不怎么说话,大约是中午喝了几两酒的缘故,一时兴起,竟然跳上船头,和土家阿妹对起歌来:"株洲帅哥来到张家界,好山好水乐开怀,漂亮的阿妹要是看上了我,请到我们船上来。"土家阿妹接着唱:"这位阿哥好大胆,你要有心你留下来,若想上门当女婿,先做三年苦力郎。"我们拍掌大笑,其他游船上的游客也阵阵喝彩,掌声不绝,歌声笑声,在湖面上荡漾开来。人们似乎都醉了,醉在这山水之中,醉在这动人的歌声里。

　　　　　　　　　　(原载 2013 年 1 月 11 日《株洲日报》)

罗正坝神仙桥的美丽传说

　　二月下旬一个早春的日子，难得的艳阳天，我们几个文友来到株洲天元区雷打石镇扶椅山村采风。村里有一座三孔古桥，名叫罗正坝神仙桥，它历经数百年的风雨侵蚀已显老态，但仍坚强挺立。在春日阳光照耀下，石头砌成的桥身越发显得斑驳沧桑。神仙桥约50米长，5米宽，两条小河汇集于此。桥面由青石板铺成，有些石块已经破损，残缺。

　　神仙桥修建的确切年份没有文字记载，当地居民代代相传，讲述着它的历史，它的故事。听村里最年长的97岁老人说，他爷爷的爷爷小时候就听过关于桥的故事，传说是明末时期修建，至今约有400年的历史。

　　为何叫神仙桥？当地有一个美丽的传说。古代，这里曾是交通要塞，有着清明上河图式的繁荣。所谓"九村十八岔，全通罗正坝。"扶椅山下的茶马古道通湘潭，达渌口,抵南岳。为了方便行人过河,当地决定在坝的上游两河并流处修建一座桥。修桥时每天有 100 个劳力干活,却只有 99 个人吃饭,人们好生奇怪:莫非还有一个不食人间烟火的神仙? 开始下基础时,怎么也弄不好。在一个月光皎洁的夜晚,人们听到河面上有声响。第二天早上到工地一看,基础已经打好了。

从此,建桥便一帆风顺。从那天起,干活的只剩下 99 人了。更令人惊奇的是,在距建桥工地不远的山坡石壁上赫然留下了几个脚印。脚板、脚趾的印记与人脚板毫无二致,只是稍大一点。于是,神仙下凡帮助修桥的传说不胫而走,桥修好后便取名为神仙桥。

20 世纪 60 年代,村民在山上大肆放炮取石(毁坏山林,造成水土流失),一般人不敢到有神仙脚印的附近放炮。偏偏有个胆子大的村民不信神,在脚印上方打洞放炮。放了两炮不响,第三炮轰然一声,一块石头对着该村民飞来,击中他手中的簸箕。村民吓得魂飞魄散,再也不敢造次。从此后,有着神仙脚印的山坡在人们心目中更显神圣,有些村民到此焚香祭拜,许愿祈福。

由于公路的大量修建,神仙桥上车水马龙的繁华景象已经成为历史,留下的只有荒凉和寂静。原来通向神仙桥的石板路变成了泥泞的羊肠小道,使慕名而来的游客行走艰难。历经数百年沧桑,神仙桥残缺破损已经相当严重,不久的将来或许只会剩下"传说"。扶椅山村党支部书记、区政协委员郭稳华先生为保护这一历史文化遗产而不遗余力地奔走呼号：救救神仙桥！

株洲的古桥，已经所剩无几，尤其是保存完整的多孔古桥也许是硕果仅存了，如再不采取措施对历史遗迹进行修缮与维护，将留下无尽的遗憾。

（原载 2013 年 3 月 1 日《株洲日报》）

秋光灿烂古桑洲

一个秋阳明媚、云淡风轻的日子,十多位湖湘文化志愿者结伴游览古桑洲。我们一行首先驱车来到了位于马家河的罗哲烈士墓,缅怀先烈遗志,向烈士默哀,表达敬意。然后坐渡船登上了古桑洲。古桑洲,又名鲇洲,位于株洲马家河和湘潭马家河湘江中央,是湘江四洲之一。离株洲市10公里左右,长约3500米,宽约250米,占地面积约560亩,全洲有居民80余户,人口300人左右。古桑洲有着悠久的养蚕历史,生产的蚕丝远近闻名。岛上绿树成荫,风景秀丽。

岛上村民家家户户养蚕,家门口都晾挂着雪白的蚕丝。三三两两的农妇坐在门前清理蚕丝。蚕丝制作成丝被,可卖300元一斤,这是村民的主要经济来源。一位老农告诉我们,他们老两口全年养蚕5轮,蚕丝收入可达2万元。养蚕为主,打鱼和种菜只是辅业。岛上到处是桑树,一片连着一片，满目葱绿，十分可爱。一些村民在菜地里忙碌着，男耕女织，宛如世外桃源。岛上民风淳朴，路不拾遗夜不闭户。

古桑洲上有古墓。我们一行来到了岳麓书院院长罗典之先祖罗瑶墓前。口口相传的故事说，罗瑶根据梦境，收留了小乞丐张治，并出资聘师使张治受到了良好的教育，后来成为明朝重臣。张治当上太子太保、礼部尚书、文渊阁大学士，请罗瑶出来做官。罗瑶学识渊博，乐善好施，尊师重教，但不愿为官，拒绝了邀请。罗瑶死后，张治为他立墓。历经数百年风吹雨打，古墓保存完好。

中午时分，我们来到了岛上唯一的一家"农家乐"餐馆就餐，除了未经污染的蔬菜之外，还有一道独特的菜：油炸蚕蛹。见到黄黄的蚕蛹，女士们不敢下筷。而书法家老丁大呼"好菜！"他要了一小瓶"邵胡子"，夹着蚕蛹下酒，一个接一个往口中扔，吃得满口生津，女士们看得目瞪口呆，但仍不敢贸然尝试。我麻着胆子吃了几个，感觉有点像虾米，味道还不错！

有市政协委员提交过一份《把古桑洲打造成为生态之岛》的提案，希望将古桑洲打造成"生态之岛"，丰富洲上景观多样性，在保持好古桑洲原生状态的前提下，开发旅游产业。如果哪家旅游公司弄一条游船，开辟一个"古桑洲一日游"项目，我想是会有生意的，还可拉动岛上的经济发展。

（原载 2012 年 11 月 19 日《株洲新区》报）

三亚下海搏浪记

五月初的一天下午 6 时许,我和老陈、老黄离开入住的酒店,信步来到三亚海边。极目远眺,无边无垠的蔚蓝色伸展到天际,水天一色。大海啊,你是孕育地球生命的母体,你是人类诞生的源泉,你是如此地博大精深,如此的纯净美丽!我久久地眺望海面,遐想无穷。

再看看脚下,海水一层一层地扑向岸边,涌起白色的浪花,摔打在沙滩上,发出"啪啪啪"的声响。前浪"死"在沙滩上了,后浪仍前仆后继,无休无止地往前冲。"惊涛拍岸,卷起千堆雪",用苏轼的词来形容此情此景,再恰当不过。

海滩上有不少嬉戏玩水的人们,但下海游泳的人却寥寥无几。"下海游一回怎么样?"老陈提议。老陈和老黄都当过兵,游泳本领不错。我从小在水库、湘江玩水,游泳也没有问题。"好啊!"我俩附和。到了海边不下海,岂不白来一回?恰好我们都带了泳裤,于是迫不及待地跃入水中。

进入海里才感觉到，不要说游泳，站也难得站稳。一个浪头接着一个浪头打过来，打得人东倒西歪。我们艰难地向深水走去，一下子就被浪头打倒。我接连吃了几口海水，苦咸苦咸！原来只知海水不能直接喝，没想到如此难入口。迎面对着浪头，更容易被打倒。侧身前行要好一点。打倒了又爬起来，我们勇敢前行，不断与海水搏击，很刺激很过瘾！

　　在海水里玩得正"嗨"，只见一位40来岁的汉子领着一个10来岁的男孩准备下水。我对汉子喊道，海浪很大，小孩子受得了吗？这位父亲说，让他经经风浪吧！在海里游一回，是难得的人生体验，能给他留下深刻的记忆。喝几口海水，没有什么大不了的！我佩服这位父亲的气魄和见识，让孩子从小经风雨见世面，对他们的成长有利。我想起了毛泽东说过的一句话："大风大浪也不可怕，人类社会就是从大风大浪里成长起来的。"

　　玩水，戏水，搏浪，在海水里折腾了将近一个小时，已经累得筋疲力尽。天色将晚，我们才拖着疲惫的身躯爬上岸。此时，海风劲吹，海浪声响，落日余晖掩映下的大海更显得辽阔与壮美。

（原载 2017 年 6 月 26 日《株洲新区》报）